ひとつのりんご

松尾　如華

なきことの

ことばなき　りんごをみつめ
かたることなき　わたしをえがく

ひと　静物の
ひと　生物の
息吹を落とす

なきことの
ただ此処に在る　ことの静謐《せいひつ》

ひとつのりんご　もくじ

ふたつの

ひとつの

竹

まっすぐな竹が
木漏れ日をまっすぐに割って
きらきらと眩しかった

心に迷いがあるときは
まっすぐなものが羨ましくなるものだと

風は囁いて
わたしたちを揺らした

わたしは
あなたが羨ましかったのでしょうか

いいえ

風の囁きに
気がついただけなのです

あなたの枯れ落ちた葉が
あしもとを包み込み
わたしとして伸ばしていたことを

わたしの枯れ落ちた葉が
ねもとを包み込み
あなたとして伸ばしていたことも

木漏れ日の揺れる地面に
気がついただけなのです

まっすぐに曲がったあなたのすがたに
まっすぐに曲がっているわたしのすがたに

風はあたまを撫でて
わたしたちを揺らした

蛍茅

指先の痛みは胸の奥の糸を辿り
ひとすじのいのちの導《しるべ》を蛍茅《ほたるがや》に刻む

蛍茅にひととき
あなたの柔らかな光が灯るとき
その傍らに
わたしの住処を静かにつくる

追いかけることの叶わぬ
あなたの軌跡
一粒の雫を蛍茅に捧げ
最初の夏だといつもわたしに言い聞かせて

夜さり
ちいさな橋のその袂に
新しい光が点る

わたしは知っている
隣人の燻る白いひとすじの
その傍らに
いまはまだ
駆け寄ってはいけないことを

光の灰は眠りゆく叢《くさむら》の中へ
優しく低い声でわたしを呼ぶ

蛍茅にゆっくりと
あなたの柔らかな光が戻るとき

その傍らに
わたしたちの住処を静かにつくる

追いかけることの叶わぬ
いのちの光跡
三粒の涙を蛍茅に預け
最期の夏だといつもわたしたちに言い聞かせて

蛍茅は冬を越す
わたしたちは蛍茅に刻んだ想い出を
いつの夏にか解き放つ

一匹の蟻

走ることの自由を知ったころ
風はまだ後ろだけにあった
砂埃の運動場と笑い声

あの感触を
もう覚えてはいない
わたしの居場所は消えていた

砂場の縁からはみ出して
固い砂漠を歩いている
一匹の蟻の居場所は
まだ砂場だと思っている

ただの蟻の
ただの片隅

陽射しが眩しい

いちばん後ろの蟻の後を
指でなぞって追いかける
みんなの後について
わたしも確かに
歩いた跡を残して

チャイムの音が聞こえてくる

蟻に耳はあっただろうか
いちばん後ろの一つ前の蟻は
まだ運動場の片隅を

黙々と歩きつづけていく

陽射しが眩しい

わたしの耳は
みんなの声を引き寄せている
風の居場所は消えてはいない
わたしのなかで確かに存在し続けている

走ることに　選ばれていた
歩くことに　選ばれていた
留まることに　選ばれていた

みんな眩しい

よつつじ

夕焼けに落ち着く時間に
学生鞄を手に駅に降りる

夕陽は線路を越える陸橋の真ん中で
真っ直ぐに延びる線路に
橋の影をうしろにずらし
美しいよつつじを描いて
今日と明日に再会の約束を結んだ

むかしながらの駅長に
定期をみせて改札口を抜けると
むかしからの友人が

石段の真ん中あたりで
おかえり
と声をかけてくる

学生鞄の鈴は軽く跳ねて
ちりんと小さな音がした

百年経ったら戻ってくるね
と駅舎の松のそばで
再会の約束を結んだ
懐かしい声を聴いた気がして
後ろを振り返った

いつかの休日の
夕焼けにはまだほど遠い時間に
真っ直ぐに長い線路の陽炎を

陸橋の真ん中で眺めている
橋の影はぶれたままになっていて
待っていても
よつつじ駅はもう現れなかった
からだは新しい駅に降りてしまったようで
誰もいない
木舎の解かれた改札口は
到着した切符を落とすだけの箱になっていた

無尽の約束に少しだけ時間を
ずらしてしまっただけなのかと
残された松に呟いてみる

あとひとつ
もうひとつと
変わらない石段の数を唱え

降りてゆくと
学生鞄につけていた
金色の鈴の
ちりんと小さな音がした

むかしからの友人が
石段のさいごで
おかえり
と手を伸ばして待っていた

あしもと

いつのまにか遠くなった
柔らかい土の
草の匂い
足底の響き

望まれている気がして
靴を履いた

忘れてしまえと
友は啼《な》いた

柔らかな草の

土の匂い
足底の響き

靴を履き
固いアスファルトに立つ

この道をゆけと
背中を押され
友の声は遠くなった

ただ前に向かって
ただ道に沿って
靴を履いて歩き続けた
息苦しさに足を止めると
友の声を微かに聴いた

靴を脱ぎ捨てこの道を撰んだ
灼熱のアスファルト
包まれることのない
剥き出しの感情

忘れてしまえと
母は泣いた

ただ前に向かって
ただあしもとの感覚を記憶に
押されるように走った
息苦しさに足を止めると
母の声を微かに聴いた

靴のサイズは止まった
裸足のまま足を止めた

氷結のアスファルト
包まれることのない
剥き出しの感情

忘れたものは
何もない

しゃがみ込むと
膝に滲む
紅蓮の痛み

わたしは
はじめて
声をあげて泣いた

氷のせい

かつんかつん
かつんかっつん
こつんこっつん
どこもかしこも
ごつんごっつん
かつんこつん
かつんこつん
くるくるくる
かつかつかつ
うまれたのに
こころになるのに
いきているのに

おとがなる　な
かどのおと　な
いたいけ　な
あたたかった　な
いつのまにか
そしらぬ　こころ　に
みしらぬ　こころ　に
なにもかももとめる　な
なにもかもきそう　な
おなじちきゅうのしきゅうの
ひやくてとうめい　なんて
おなじうちゅうのしちゅうの

かたくてとうめい　なんて
ちきゅうもつめたくなりすぎて
なにもかも
ことばは　いつもそばにある
とうめいな氷
とうめいな器
とけてさいごにくちにできたか　どうか
もらったふっかつのことばを　わすれないで
わたしたちは
ともに
ふっかつのことばをくちにする　と
どうしてかこおらない
にんげんはいつまでもこおらない

こころになるのに
かつて
いちど
なくした
ひやくて
かたくて
ちがったのは
こどものころに
きづいていた
すべてを
きずつけない
とうめいななみだは
とうめいなことばの
こころをもって
いきている

ひとつのりんご

真朱《まそほ》の頬のその奥の
白いこころをそっと見つめた

それはりんごの
ほとんどの重み

テーブルに置かれた
ひとつのりんご
白いこころに触れられた

脱ぎ捨てるものを
すべて脱ぎ捨て

瞳を閉じる
触れられるのは
ひとつのこころ

嵐の夜に木から落ちて
転がっていったりんごも
朽ちて地に落ち
踏みつけられたりんごも
その深い心軸を包み
無垢なる再生を抱いて
すべてを世界に預けている

わたしの瞳の奥に
刻《とき》は留まり続けている

失われた腕に

りんごを掌に鑑《かがみ》るという
ヴィーナスは
そのままのすがたで
わたしたちをいつまでも見つめている

ヴィーナスの白い瞳の奥に
歴史は留まり続けていく

それは人類の
ほとんどの重み

静寂の邂逅《かいこう》の時間《とき》

白い雲に滲む鴇色《ときいろ》の空を
ひとり
いつまでも見つめていた

わたしの瞳の奥に
あなたは留まり続けている

それはひとの
ほとんどの重み

別離の静寂の瞬間《とき》

真朱の頬のその奥に
ひとり噛みしめる
ひと欠片《かけら》のりんごの記憶

月夜の汀

黄昏に　影ふり返り粛粛と
違わぬかたち　月も日も
悲しき蝶の　翅《つばさ》とも
哀しき蝶の　一片《ひとひら》とも
紫式部のままごと遊び　ひと真珠
君の手を繋ぎし影の　過ぎし淋しさ

星ひとつ　長き月影見失い
旅の端《は》にある　車椅子
悲しき影の涙とも
哀しき影の弱さとも
ふたつの影を抱えて歩く　真心に

母の背を誰が超えようか　深き優しさ
影あれど白昼の浜　脚のない幽霊の喉　幻《げん》の叫喚
月夜浜《つきよはま》　弱き涙の影ふかく決して離れぬ　汀の足跡

月下美人

いつからか
わたしの半分は見当たらない

あなたのなかでわたしの半分は
まるくなって眠っているようです

今宵限りと
あなたはわたしを探して
暗闇に向かって手を伸ばす

わたしの頬を包み込んだ
あなたの手を包み込んで

わたしの半分を
持っていってくださいと
あの日　願い
代わりに
あなたの半分を
残していってくださいと
あの夜　祈り
僅かな時刻《とき》をそれぞれ超えた

今宵限りと
わたしはあなたの佇む
暗闇に向かって華ひらく

その暗闇に白い手を伸ばし
わたしの半分はあなたに触れて
夜の言葉をそっと囁く

砂時計

前へ。
等しいものを見つめるために
前へ。
あなたの杖は次の扉を静かにたたく。

新しい場所にも
懐かしい香りが漂っていた
後ろを振り返って
閉じられた扉の向こうを心に留める

むかし
あなたの掌は

零《こぼ》れ落ちる細粒を
等しく量り
人々に与えたという

この場所で
あなたの掌から
零れ落ちた砂粒を
硝子のなかに納めて
わたしは砂時計を
もういちど
はじまりに戻して
あなたの等しさを胸に刻む

あなたの杖を携えて
後ろの扉を静かにたたくと
懐かしい声が胸に響いた

残されたものを握りしめて
あなたを追いかけはじめる

――前へ、
等しいものを見つめ続けるために
――前へ、
あなたの杖を支えに
わたしは次の扉を静かにたたく。

生まれたばかりの人々が
小さな両手を握りしめ
新しい時代に向かって
等しく啼泣をはじめている

コマ

此処に、個々に
今、この瞬間を
私は廻っている

私の路は
何処で
終わるのか
わからないけれど

今、この瞬間を
此処で
私は廻っている

廻り始めるその時に
貴方が支えてくれた
その声の温もりを覚えているから

身体の芯を突き抜ける
貴方の声
それが原動力

此処の景色は美しく
どんな景色に変わろうと
いつもその瞬間を
私は廻っていた

廻り始めるその時に
貴方が支えてくれた

その手の温もりを覚えていたから

身体の芯を突き抜ける
貴方の全身の温もりが
廻れと心を揺さぶり続ける

たとえ私の時間が
貴方の元に帰る日に
近づいていることを知っていても

身体の芯を突き抜ける
私の温もりが
廻れと心を揺さぶり続ける

私の路は
何時

終わるのか
わからないけれど

今、この瞬間も
私自身でこの足元を踏みしめ
私は廻っていたい

此処の景色がどんな様子に変わろうと
廻ることで
貴方を強く感じることができるから
そして
身体を突き抜ける
まっすぐな心は
何時も温かく
貴方とともにある

曼珠沙華

老台は腰を曲げてゆっくりと
あかいシグナルを超えてゆく
留まる理由を数えるものは
なにひとつない

曼珠沙華が咲いている
蝋燭《ろうそく》に火が灯る
稲穂の傍らのあかい畦道は
人間に理由のない停止を求め
真《まこと》の人間となる
言葉を諳《そら》んじることができるかと問うていた

。たいてえ震とぬらなはてし鎖を心
、が鼓太の宮おと鐘の寺おらかくおと
。たしがさを道り帰りずきひをてべす
。ためつみを手てし鎖を口びたたふ
、びさすは心てれかふに風ぬれども
。たいてち落え消は詞たいてじん諳
、がたえ震は口とるれふにんほい赤
。たればよに寺おろこるなにちたは
、てえふとぎつぎつは葉言たっかなで
。たっましてえ消は葉言たいてじん諳
、とるめじはびなまてっなにつっむ
。たじん諳をんほい赤とんぜし
、りなにうよぶそあでんえの寺お
。たっかなでは葉言でまつたふ
、てし鎖を口らかりいま宮つは

老台は静かに鎖を解《ほど》き
閼伽《あか》の柄杓を傾けて
透きとおった水をひと雫ずつ
いたわりながら曼珠沙華に手向けて
あかい沈黙の畦道を歩いてゆく
背中にはすでに留まる理由は
なにひとつ残っていなかった

曼珠沙華が咲いていた
蝋燭の焔《ほのお》が揺れていた
老台は消えゆく詞《ことば》を根元に据えた

水を求める人々の手は一輪の曼珠沙華のように
あかく、あかく、燃えていた

鐘がひとつ、太鼓がふたつ、心の奥で震えていた

あかく、ながい道は
決して人間に理由のない停止を求めない
美しい葬列がまっすぐに畦道を帰って行った

曼珠沙華の消えてゆくころ
蝋燭の火は静かに消え落ち
燭台には白い小さな美しい骨が遺されていた

ことしも曼珠沙華が咲いている

帰りたいのに
未だ帰ることができないでいる
この道の先に現れるのなら

光　炎

風は降り立ち
触れられない彼方《おと》のなかに
ひとはその姿を呼び起こす

青桐の傍らに呼ばれていた風が
そっと息を潜める夕凪の刻《とき》
幾千の針に準《なぞら》えた銀の細波の水面《みなも》は
刻止まる瞬間《とき》から静かに燃えはじめ
きっちりと赤い結び目の並ぶ光炎となって
逝きし彼《か》の姿を確かに触れる

文字の上にひとは彼の姿を呼び起こす

紙　その一枚に
人はこれほどまでに儚く断たれる者か

深い河に潜む彼のことばを掌に掬い
今夏も流れゆく光炎の路には
何人たりともその上に立つことを許さず

文の上にひとは彼の姿を顕し立つ
紙　その一枚に
人はこれほどまでに脆く去り逝く者か

忘れ去られし彼の姿を追い求め
幾千もの灯のひとつひとつに面影を重ね
ひとは人の想い留める現の使命を知る

流れゆく光芒に彼の姿を探し続け

ひとつひとつのことばに幾千もの灯は跪き
ひとは祈りを捧げる人となる

石　その一基に
人は残せし名を刻み
ひとつの灯にその姿を映し出す

見つけし光芒の先へ
彼のことばに依りてひとは光炎を捧げ
祈りの人のなかにその姿を永久《とこしえ》に据く

ブルーベリーの音譜

夏休みがはじまるころ
「おーい」と
声に呼ばれると
籠いっぱいに　ことばを抱えて
緩やかな丘を登った

ブルーベリーの木が並んだ
その丘には　風を纏った
ハーモニカの唱がいつも響いていた
白眉の瞳は
新しいことばを眺めて
「良いねぇ　良いねぇ」

と　繰り返し
ちいさな頭を何度も撫でた
皺の深い大きな右手は
少しだけの夏の光を閉じ込めて
銀色のハーモニカを口にあてた
シの欠けた旋律は
風の吐息となってブルーベリーを揺らした

夏の光は
丘のブルーベリーに吸い込まれていた

関節の目立つ指は
一粒を摘み
ちいさな掌にそっと預けて
一粒の在処《ありか》を
静かに問うた

ブルーベリーの木々はいつまでも揺れていた
掌の一粒は　手のひらの中でまるく静まっていた

一粒、一粒と口に入れた
酸っぱかったり　甘かったり
酸っぱかったり　やっぱり甘かったり
一粒が　手からこぼれ落ち
地面を転がっていった

夏休みがおわるころ
皺の深まった温かな手は
さいごにもう一度
ちいさな頭を撫でた

あの一粒を嘴に挟んだヒヨドリが
丘の向こうへ渡って消えるのが見えた

未だ
一粒の答えは　みつからなかった
籠いっぱいにブルーベリーを抱えて
緩やかな丘を降りた

街なかのベランダの片隅で
ブルーベリーの木は
一粒、二粒と
夏の光に輝いて
くりかえし実をつけた

一粒を摘み　口に含んだ
酸っぱかったり、甘かったり
やっぱり酸っぱかったり

呼声の消えた夏

ブルーベリーは　口のなかで
一粒、一粒
すべてに痛みを残した
ハーモニカの唱を
どうしても思い出すことができなかった

いちねんの光はきっと
あの丘のブルーベリーに吸い込まれている

一篇の詩を右手に緩やかな丘を登る
ブルーベリーの木々が並び
懐かしき声が聴こえてくる
口笛はふと故郷の空を　風に乗せる

ふたつの

水の庭

水の庭にすべり込むと
わたしたちは水面を歩きはじめている

暁の睡蓮が白く浮かび上がるころ
夜はすでに水の奥深くへと沈黙していた
草木は風に泳ぎながら
過ぎてゆく一瞬と別離することなく
そのままのすがたを
音のない水面に映し
小さな羽は草木を飛びまわり
輪郭を残す一瞬と断絶することなく
そのままのすがたを

カンヴァスの柔らかな光のなかに溶かしていった

わたしたちもいつからか
輪郭のわからなくなったからだを
柔らかな光のなかに差し出して
そのままのすがたを
水面に映し出せるようになりたい

いちにちの終わりに
水の庭で遊び疲れた光が
黄昏のなかに引き込まれるころ
水面には秘められた痛みが浮き上がり
睡蓮の揺り籠に眠りを求める

沈黙の静かな解放は
深く暗い水の庭に

静寂の必然をわたしたちに告げる

水の庭のすべてに
沈黙のいちにちを求める
冬の光は薄氷をすべり
水面は一様に煌めいて
いちばん長い朝の光を留めている

わたしたちはお互いを見つめあい
柔らかな光をまとう人々と抱き合って
冬の温かさを感じるだろう

春の光が届くまで
カンヴァスの重なり合う光のなかに
すべての生物たちはお互いのからだを寄せあって
ゆっくりと待ちつづけている

バス停

草原に延びる黄色い道のある処に
わたしは少年と一緒に立っていた

ここはバス停だと
少年はわたしに教えてくれた
ここで待っていたら
懐かしい街まできっと乗せてくれるからと
少年はわたしの隣に腰をおろした

わたしは
わずかな銀貨をもっていた

道の真ん中のちいさなくぼみには
乾いた陽のかけらが
キラキラと集まりかけていた

風が草原を駆けてきて
少年の柔らかな金色の髪を掬い
黄色い道の砂を舞い上げた

わたしの
ちいさな銀貨は風の音に揺れた

隣のライオンがふと立ち上がって
みちの真ん中のちいさなくぼみに
乾いた口を添えた
水のかけらが
キラキラと首筋を伝っていた

バスの音が聴こえたような気がした

ライオンはゆっくりと戻ってきて
草原に咲いたことのなかった
スミレの花に
水のかけらを零して
愛しむように横になった

バス停には
金色のたてがみと一輪のスミレの花が
夜風に静かに揺れていた

未知の真ん中のちいさなくぼみは
ささやかな杯を星に捧げ
キラキラと空に散っていった

懐かしい処へ戻ってゆく
バスは未だ来ないようであった

七夕送り

　迎える　はじまりを
わたしたちは　見送ることしか知らない
　笹舟は　流れに抗うことを知らない
星たちは　空に抗うことを知らない
　祈りは　すべてに抗うことを知らない
すべての　ことばを留める
わたしたちは　こころの居場所を知らない
　忘れたい　ことばを包んで
南の島へと　向かった
　迎えた　はじまりを
この村の　長老は Lauk《ラウーク》と伝えた

(Altair)

わたしは　ことばの想いを知らなかった
包んできた　ことばはすべて灰色の小石になっていた
わたしたちは　暗闇の草原に座り続けていた
南十字星は　重なることばを教えなかった
わたしたちは　ともに天の川を見つめ続けていた

(Vega)

ことばを　結ぶことばを繋ぎ
星のひかりを　結ぶ星のひかりを繋ぎ
星座の　瞬きのなかに結ばれた
すべての　時空を留める
わたしたちは　時間に抗うことを知らない
いつか　わたしたちを見送る
わたしたちは　わたしたちと
もういちど　はじまりを
迎えている

(Deneb)

ヨブの涙

朝の光の連珠となって
空を渡って
わたしもあなたの国へ
ともに行こう

南の島の長老は
旅のさいごの夏に
一連の数珠玉を
私に託して
遠くの国から来たという
ひとびとについて静かに語った

夜の涙の連珠となって
海を渡って
かれらをあなたの国へ
ともに帰そう

幼いころの帰り道
私はすでに
南の島からの声を聴いていた
道草と名付けられた
制服のポケットに
鈍色の数珠玉をいくつも潜ませて
家に帰り着き
一粒一粒を白い糸に通して
もういちどポケットに仕舞って
いつのまにか旅に出かけていた

遠くなったいくつもの時間の向こう岸で
託された数珠も
ポケットの数珠も
一様に白銀色の連珠となって
ちいさなひとつひとつの骨壺は
微かな白い骨をその内に納めて
密やかな魂の音色を響かせていた

ひとびとは祖国に帰り着いている

ことしの夏の帰り道
懐かしい音色を聴いていた
萌黄色の数珠玉に揺れ動く
一粒一粒の光は
まだそれぞれの旅を求めているようだったけれど

わたしたちは
そんなに遠くはないところへ旅行き
そしていつのまにか
懐かしい処にともに戻ってきている

白嫁菜

誰かに見つけてもらえるようにと
夏の終わりに向日葵が
黄色い花びらを小さく畳んで
シロヨメナに託してくれた

瑠璃小灰蝶《るりしじみ》は薄色の羽を
シロヨメナの真ん中に降ろして
過ぎた向日葵の温かさに
ひとときを預けていた

木陰にひっそりと
シロヨメナは小さな白い花びらを揺らしていた

夕陽を拾い集めた木々の足元は
秋路を歩くことの確かさを
夫婦の耳に届けていた

いつかはじめて一緒に出かけた
パリの小径の音色が
シロヨメナのこの路に
ふたたび溢れてくると
ふたりは
ルーヴル美術館の白い階段を
手を繋いでゆっくりと上がっている

あなたを永遠に
忘れないと約束して

一枚の絵画が
幾百年の
幾億人の
ただひとりのあなたに
微笑みつづけている

木漏れ陽の舞う落葉の足元に
軽やかなパリの音色は
遠く溶けてゆき
夫婦の隣で
シロヨメナは小さな白い花びらをそっと揺らした

秋の夜は
永遠を知る星々から落ちてくる涙を
それぞれの葉に受けとめていた

シロヨメナは小さな白い花びらを露に濡らして
夜が明けるまで微笑みつづけた

里に降りた初雪に
人々は微笑みを向けていた

シロヨメナが空に託した
小さな白い花びらが
静かに　たしかに　舞い降りてくる

哺乳瓶

壊れるものを扱いなさいと
先生は仰った

哺乳びんというにせものは
思っていたより軽かった

扱いやすいのか
ニュースになった

海のくらげが
プラスチックと泳いでいたと

くらげの赤ちゃんと
哺乳びんが
ぷかぷかと浮いていなければ良いが

気にはなったが
ニュースはすぐに消えた

ほら、坊やが投げるでしょう。と
ころがった哺乳びんに向かって
先生は怒っているようであった

海のくじらが
プラスチックを腹に溜めたと

くじらの赤ちゃんが
哺乳びんを

ごくりと丸呑みしていなければ良いが

ニュースはすぐに消えたが
引っかかった心配は消えなかった

壊れるものを扱いなさいと
もう一度
先生は仰った

哺乳瓶というほんものは
思っていたよりずっと重かった

扱いにくいのか
ニュースにはならなかった
壊れるものを扱いなさいと

いつも
先生は仰っていた
坊やは遊びに出かけていった
哺乳瓶は
花瓶となって
シロツメクサが揺れている

の　NO_UN

i

こころのなかの　のはらのなかに
のを描《えが》く

の　の　の　の　の　の　の　の　の　の　の　の

のはらのなかの　ののさまに
うなづくことの　できますように

ii

息ほそく　彼《か》の一碗に
のを描く　草の香萌ゆる風の道
茅《ち》の輪くぐりの手のぬくみ
無《な》を舞うひとよの月の面影

わたしとあなた

わたしは　言葉を持つ　ひとである
ひとは　言葉を持つ　わたしである
あなたは　言葉を持つ　ひとである
ひとは　言葉を持つ　あなたである

わたしは　言葉を待つ　ひとである
ひとは　言葉を待つ　わたしである
あなたは　言葉を待つ　ひとである
ひとは　言葉を待つ　あなたである

言葉は　わたしに言葉を持たせ
わたしに　人を持たせてくれた

言葉は　あなたに言葉を持たせ
あなたに　人を持たせてくれた

言葉は　わたしの言葉を待っていて
わたしに　人を待たせてくれた
言葉は　あなたの言葉を待っていて
あなたに　人を待たせてくれた

ひとは　言葉を持つ　ひとりであり
人は　言葉を待つ　一人である

ふたり　言葉を持つ　ひとであり
二人　言葉を待つ　人である

水たまり

表も裏も忘れた顔を
覗き込む人間は
その朝　誰もいなかった

時刻表通りの大人たちは
軋めく機械音の音という音のすべてに
通常という安堵を確かめ
決められた日課表に付帯された
雨傘を片手に嘆きを吐き留めている

地下空間の電車の床に伝播してきた雨粒が
集合体となったあとじわりと拡散して

それぞれの心の傷を無防備に迎え入れて
同じ時刻を走り続けている

たとえば雨粒が
地下鉄の真っ暗な窓をスクリーンに
映画俳優の涙を映してくれたなら
今朝も項垂れている大人たちは
表も裏も忘れて涙する顔の美しさを思い出すであろうか

床から響くいくつもの振動に
解決することのない
突き刺さるこの響きを
ただ耐え続けて
足元から沈殿してゆく
美しそうに見える大人しい姿を
いつかその表と裏の

すべてを放出してしまうことすら
他人行儀に
大人らしい人間の
バランスをどのように
保てば良いのかと
そればかりを気にかけて立ち続けている

美しい悲しみは
すぐそばの窓に映っている
幼き日のおもかげのあなたの顔

いつの日か固まりかけた嘆きを掴み
手のひらでくるくると転がして
小さな遊技球へと大量生産し直して
どうしてあのころ
どうしてあのとき

と、小さく呟きながら
大音響と共に
無数の小さな銀色の嘆きを
たったひとりで解放している姿を
おとなげないとは
誰もいえない

雨のその朝
銀色の雨粒を摘み集めて
足元には
あなたの顔を映すための
水たまりが待っている

表も裏も忘れた顔を
そっと覗き込む
あの日の　確かな人間の姿

潮干狩り

あなたの聲は胸の上で微かに揺れた
どなたかの痛みを知らなければいけないなんて
なんと気の毒な仕事なのでしょう。

波の音が耳に響いてきます
あなたの風景も聴こえてきます

この砂浜では貝がたくさん採れます。
潮が引くと水際まで追いついて。
昨日もだれかと一緒でした。
手を繋いで裸足で駆けた眩しい砂浜へ。

消えてしまった砂浜を
もう一度こちらへ寄せましょうか
カーテンの波間からは
青空に白い水際が連なっています
こどもたちの声が響いてきます
あの砂浜には足跡がきちんとふたつ残っています

指でそっと頬を触ると　貝の聲は眠ってしまいました
砂浜の胸には微かな心音を繰り返し触れました
騒めきは次第に静かになって　胸の痛みは眠りにつきました

わたしもあなたも
ずっと　同じ仕事を抱いているのです。

波の聲は静かに砂浜を離れていった

たんぽぽ　— Dandelions —

どなたかを待っていらっしゃるのですか

何かを預けてしまったままの
瞳のない空に
過ぎてゆく雲に
その答えを求めてしまう

時が来ることを
わたしたちは
それまで
約束してはいないのですから

いましがた
でかけていったあなたを
いってらっしゃいと
おくりだすのに
たくさん泣いても良いと
瞳のない空は教えてくれました
それは
とてもおおきな勇気が必要なのですから

時が巡ることを
わたしたちは
たしかなものとして
約束をしていないのですけれども

いつかきっと
帰ってくるあなたに

おかえりなさい
と言いたくて
瞳のない空にやすらぎを広げて
過ぎてゆく雲に想い出を並べている

いつの日か
息を吹きかけて
おくりだした
たんぽぽの綿毛が
道の片隅に帰ってきて
たんぽぽの葉が覗いて
黄色いたんぽぽが咲いた

どなたかを待っていらっしゃるのですか
と、だれかがそっと
わたしの手にたんぽぽを預けて去ってゆく

道の片隅には
たんぽぽの葉が並んでいる

石の影

昨日　どこからきたのか尋ねた
たんぽぽの綿毛を　隣に
一昨日　あの空を手放した
蝉の羽を　隣に
一昨昨日《さきおととい》　温かな土を知った
柿の実を　隣に
それより前のいつの日かに
消えてしまいそうだった
石の影を　隣に

ひとつずつを
手のひらにそっと包んで

少女はふたつを納め
小さな塚をひとつ創った
石を墓標にたんぽぽの茎を手向けた

すべての懐かしい
すこし向こうへ離れていった友を
少女は隣に置いた

石の影から生まれた
何年も先の　柿の実を
今日
隣で　鴉《からす》が突いて食した

息を引き取ってゆく
隣の友を
わたしたちはいつからか

弔うことを　忘れかけている

たんぽぽの綿毛はいつ　旅立つのか
蟬の羽はどこへ　　　飛び立つのか
柿の実はどのように　　実を零すのか

みんな　知っても
みんな　知らなくても
たんぽぽの綿毛も
蟬の羽も
柿の実も
だれかと季節の巡る姿を見つめ合うことを
忘れはしないだろう

互いを　知っても
互いを　知らなくても

互いに　見つめ合っている
隣の友と　わたしたちは
遠くと隣を　互いに見つめ
悲しみと哀しみを　互いに見つめ
微かな輝きの　確かさを見つめ合っている

すべての懐かしい
すこし向こうへ離れていった友へ
わたしたちの祈りを手のひらにそっと包む

一輪のたんぽぽの隣で
石は輪廻の在処《ありか》を語り続けている

生まれる。

Ⅰ 誕生

ひとが生まれるということ。
言葉が生まれるということ。
出会いが生まれるということ。
ひとが繫がるということ。
世界が生まれるということ。

回 （月ようびに）
話 （火ようびに）
和 （水ようびに）
把 （木ようびに）
環 （金ようびに）

愛しさが生まれるということ。
羽　　　　（土ようびに）
希望が生まれるということ。
葉　　　　（日ようびに）

　　あなたの　　　呼吸が　生まれたということ
そして
　　みえるものよりも
もっとおおくの　　　みえないものは生まれた

II　生誕

故里の呼吸を感じることがある。
青い山は立ちつづけており、
木々は立ちつづけている。

年を重ねたあなたは幾度も幼いわたしに話してくれた。
どこで呼吸をしていても感じるものは変わらない。と

野の草に道を譲った
錆びた軌条の端っこで
蝶のように腰をかけて
からだを休めていると
廃校した小学校から
オルガンの音が聞こえてきて
窓のそばまでふわりと飛んでいって
懐かしい校歌を歌うのよ。
それから、いつもの石段を
ひらひらと上っていくの。と
そして、蝶はいつのまにかみえなくなった。

いいところにいっちゃったのよ。

思考はもういちど
開かれたうつくしい言葉を残して
あなたも静かに去って行った。

呼吸をしているはずなのに
呼吸のもとへはいつまでもたどり着かない。

生まれてはみえなくなる
すべてのみえないものとのあいだで
すこしの休息を求めては
浅い眠りのなかに
あなたとあなたの言葉を反芻している。

ひととき

私とあなたがはじめて出会った日に
それぞれ　ひとつの木を植えた

私はたくさんのいちばんあたたかな土にその木を植えた
私の森は　新しいひとつの木の誕生を祝福した

あなたはひとつめのその木に
名前を架けて　はじまりの森に祝福された

私はあなたを抱き　ひとときの子守歌をつくった

泣いては　笑い

あなたは　ことばを覚えていった

柔らかな葉は　風に包まれ
梢は　光に向かい伸びていった

喜びと　悲しみとを　知り
枝葉を震わせて　あなたは
笑い　泣くことの意味を知った

新しい出会いは
ともに　ひとつの木を生み続けた

すこしだけ背伸びをした
あの日
私とあなたの木の枝は　ポキリと折れた

こどもの　あなたの
寂しいの　ことばを手折ったのは
おとなの　わたくし

私とあなたの植えた木は
この日から沈黙し
強さと弱さを求めて
根は静寂の奥深くへと伸び
孤独を携えた太い幹となった

あなたは大人になってゆく

遠く私は
あなたの木のそばで
あなたへの詩《うた》を記している

いつの日か
私の形を閉じる日に
私の森はすべてを光風に解く
風が吹くとき　思い出してほしい
だいじょうぶ

あなたの森の一番の老樹は
梢に光を放ち決して倒れはしない
あなたは出会った人々と
ひとときを生きている
人と人のあいだには
常《とことわ》に　ひとつの木が佇んでいる

初出一覧

竹	日本現代詩人会　詩投稿作品第 18 期
蛍茅	「詩と思想」2021 年 8 月号
あしもと	日本現代詩人会　詩投稿作品第 18 期
コマ	日本現代詩人会　詩投稿作品第 16 期
光炎	「詩と思想 詩人集 2021」
哺乳瓶	日本現代詩人会　詩投稿作品第 17 期

松尾如華（まつお・ことは　Kotoha Matsuo）
1978年2月19日　山口県生まれ
2021年　日本現代詩人会　第5回HP現代詩投稿欄　新人

表紙絵　千々松郁枝
表紙デザイン　里見デザイン室

ひとつのりんご

松尾　如華

発行日　2021年11月9日
編　集　ひなた編集室
発　行　㈱南の風社
〒780-8040　高知市神田東赤坂2607-72
TEL　088-834-1488　FAX　088-834-5783
E-mail　edit@minaminokaze.co.jp
HP　https://www.minaminokaze.co.jp/